知丘

王原君 著

差别诗丛

中国青年出版社

王原君 曾用笔名麦岸,1983年生于山东莒县。2002年开始诗歌写作,2005年在《诗刊》发表组诗处女作;2009年自印诗集《花心街》;2011年自印诗集《中国铁箱》。出版随笔集《那时我年轻满嘴都是草莓》、文化研究专著《象征资本》。曾获安康诗歌奖等。现居北京。

内部已千差万别

——"差别诗丛"6位诗人的精神地景

◎ 霍俊明

　　我喜欢来自于一代人内部的差异性。

　　王原君、杨碧薇、老刀、白木、泽婴、紫石这6位诗人唯一的共性就是都出生于上个世纪80年代。我想到杨碧薇小说《另类表达》中的一句话:"我做了很多凌乱的梦。我梦到八十年代了。"而我并不想把他们共同置放于"80后"这一器皿中来谈论——尽管这样谈论起来会比较便利,但是也同样容易招致别人的诟病——我只想谈谈他们作为"个体"的差异性的诗歌状貌。当然,这一"个体"不可能是外界和场域中的绝缘体,肯定会与整体性的当下诗歌语境、生存状况以及吊诡的社会现实情势联系在一起。他们的背后是山东、云南、湖南、安徽、内蒙古、陕西等一个个省份,而他们不一样的面影背后携带的则是个人渊薮以及这个年代的"怕"与"爱"——"二十四节气像二十四个／不同省份的姑娘／中秋大约来自山东"(王原君《中秋》)。

一

这 6 本诗集的推出得归功于王原君,实际上这个出版计划已经推迟了一段时间了。今年 4 月底,在北京去往江南的飞机上,刚一坐定,突然有人叫我的名字,抬头一看原来是王原君。下飞机分别前,我们再次谈到了这套诗集出版的事情。

王原君——"我有一把一九八三年的左轮手枪"。这是一本黑夜里的"灰色自传"。王原君原来用过另一个笔名麦岸,实际上我更喜欢麦岸这个名字。当时他从山东来北京没多久,2011 年我读到了他的一本自印诗集《中国铁箱》——"搭乘今夜的小火车／我路过你们的城市与喘息／像天亮前消匿的露水／阳光,曾是我们共同的背景／但内部已千差万别"。火车、城市,已经成为这个时代最重要的媒介和空间,灰色或黑色的精神体验必然由这里生发。我喜欢"内部已千差万别"这句话,用它来做本文的题目也比较妥当。

王原君的诗人形象一度让我联想到一个落寞的"革命者"——更多是自我戏剧化和反讽的黑色腔调。王原君是同时代诗人中"历史意识"或确切地说是个人的历史化以及现实感非常突出的。这让我想到的是诗歌对于他这样的一个写作者意味着什么——"资本时代的救赎"(《北京情话》)、"连悠远的祖籍也丢了"(《冬至》)。这是历史在自我中的重新唤醒与再次激活。资本的、现实的、超验的、农耕的、速度的以及怀旧的、个人的、情欲的、批判的,都以不同的声部在诗歌中像白日梦一样纷至沓来。有时候读王原君的诗我会想起另一个山东诗人——江非。王原君的诗有力道,看起来并没有多少微言大义的晦涩,也并没有像同时代人那样浸淫于西方化缠绕怪异的意象森林,而更多是个人化的发声且不失尖锐,甚至有些诗是粗砺的、迅疾的、僭越的(比如"旗帜和尿布,产自同一厂房"),尽管王原君的诗不乏意象化和象征性,甚至有些诗从词语到意象都非常繁密——这建立于那些细微可感的生活场景和具有意味的历史细节之上。王原君很多的诗具有自忖性、争辩感,而二者都具有强烈的反讽精神。这既直接指向了自我体验,也直接捶打着现实与历史交替的砧板——而这一切都是经由那些简洁而不简单的语句说出。实际上诗人凭借的越少,反而更需要难度和综合性的写作能力。显然,王原君已经过了单纯借用"修辞"说话的写作过程。王原君的诗,我更感兴趣于"时代""历史"与"个人"不明就里或直接缠绕在一起的那部分——个人化的现实感和个人化的历史想象力。尤其是这一"个人化的历史"涉及到"身体""器官"以及更为隐私的体验和想象的时候就具有了不无强烈的戏剧性和存在的体温。这方面的代表作是《南方来信》《塑料旅店》《深夜的革命者》——穿越时间和空间的面影让人不免有错乱之感,但是这种并置显然也增加了诗歌的"现实"复杂性以及历史感。再进一步考量,我们可以将王原君的诗放置在整个中国的"北方"空间来考察,限于篇幅笔者在此不做具体阐释。这些诗既是生命的面影,也是现实的冷暖对应与内在转化。这样的诗就有了个体生命的温度,具备了历史与现实个人化相互打通的再度"发现"。与此相应,王原君的诗具有"互文"的对话性,他的诗中会叠加、复现那些各种各样的异域空间和人物——显然这是精神主体的对位过程。王原君的诗不乏日常与隐喻化的"爱"的能力(比如代表性的《我的低温女孩》《海的女儿》《我一再写下少女》《给一个女孩写信》《青春期》),这近乎本能性地还原了诗歌"青春期"的"个人"功能。与此同时我在更多的年轻写作者那里看到了他们集体地带有阴鸷面影地说"不",否定、批判甚或偏激有时候会天然地与青年联系在一起,但是也必须强调的是诗人不能滥用了"否定"的权利,甚至更不能偏狭地将其生成为雅罗米尔式的极端气味。实际上诗歌最难的在于知晓了现实的残酷性还能继续说出"温暖"和"爱"。这让我想到的是亚当·扎加耶夫斯基的那首诗——"尝试赞美这残缺的世界"。

二

四月的蔷薇在医院的墙上盛开,这似乎是一个不小的悖论。杨碧薇在写作中的形象更像是俄罗斯套娃。实际上诗歌只是杨碧薇的一个侧面,她是一个在文学的诸多方面（甚至包括非文学的方面）都正在尝试的写作者。这是在不同类型的文本中对自我世界的差异性确认。杨碧薇自印过一本封面艳丽的诗集《诗摇滚》，这恰好暗合了我这样一个旁观者对她的诗歌印象，尽管在湘西沈从文的老家见过面，但基本上没有任何交流。《诗摇滚》的封二、封三和封底都是她形形色色的照片。那么这对应于诗歌文本中的哪一个杨碧薇呢？——"整日整夜打架子鼓，祈愿爆破生活，／用自我反对，来承认自己。"杨碧薇是基督徒，这种精神主体也对应于她的写作吗（比如她的硕士论文研究的就是穆旦的写作与基督教的关系）？由此，"流奶与蜜之地"也是这个诗人所探询与感喟的。

云南尤其是昭通近些年盛产出了很多优秀的年轻诗人，甚至其中不乏个性极其突出而令人侧目的诗人。杨碧薇，就是其中一个，而且她的名气在业界已经不小。前不久在鲁迅文学院和敬文东一起上课，饭间他半开玩笑地说自己现在很有名是因为很多人知道自己是杨碧薇的老师。杨碧薇是一个在现实生活版图中流动性比较强的人，这种流动性也对应于她不同空间的写作。从云南到广西、到海南、再到北京，一定程度上从经验的开阔度而言对于诗歌写作是有益的——青春期的日记体写作以及精神成人的淬炼过程。阅读她的诗，最深的体会是她好像是一个一直在生活和诗歌中行走而难以停顿、歇脚的人。杨碧薇是一个有文学异秉的写作者。2015年她还获得了一个"地下"诗歌艺术奖。对于这个奖我不太清楚来由，但是"地下"显然是这个时代已经久违的词。或者说"地下""先锋""民间""独立"在这个时代仍然还被稀稀落落地提及，但是已经物是人非、面目全非——而酒精和摇滚乐以及诗歌中那些面目模糊的"地下青年"更多的时候已经被置换成了后现代装置艺术的一个碎片或道具。试图成为广场上振臂一呼而应者云集的精英或者在文学自身革命的道路上成为马前卒都有些近乎前朝旧事和痴人说梦。而正是由此不堪的"先锋"境遇出发，真正的写作者才显得更为重要和难得。一定程度上，杨碧薇是他们那一代人当中的"先锋"，起码在写作的尝试以及写作者的姿态上而言是如此。这一"先锋性"尽管同样具有异端、怪异、少数人的色彩，但是杨碧薇也承担了一个走出"故乡"后重新返观自我和故地的"地方观察者"，尴尬与困境同样在她这里现身——"别处的暮色比故乡大"。"只想在诗里提出问题，那些在时代的瞬息万变中，被轻而易举地湮没的问题"，从这点上来说，诗人就是不折不扣的"问题青年"。我们不要奢望诗人去用行动解决社会问题——诗人在世俗的一面往往不及格，他们更重要的责任在于"提出问题"。

杨碧薇的诗长于繁密的叙述，其诗大胆、果断、逆行，也有难得的自省能力，她能够做到"一竿子捅到底"——无论是在价值判断上还是在诗歌技术层面。她敢于撕裂世相也敢于自剖内视，而后者则更为不易。我喜欢杨碧薇诗歌中的那份"不洁"——但是极其可悲的是诗歌中的"不洁"在阅读者和评论家那里很容易将之直接对应于写作者本人。这种可悲的惯性几乎成了当代中国特色的阅读史。女性写作很容易走向两个极端。一个极端是小家子气、小心情、小感受的磨磨唧唧且自我流连，甚或把自己扮演成冰清玉洁纤尘不染的玉女、圣女、童话女主角般的绝缘体；另一个极端就是充满了戾气、巫气、脾气、癖气、阴鸷、浊腐之气的尖利、刻薄与偏执。女性诗歌具有自我清洗和道德自律的功能与倾向，这也是写作中的一个不可避免且具有合理性的路径，但是对于没有"杂质""颗粒""摩擦"和"龃龉"的"洁癖诗"我一直心存疑虑，甚至一定程度上它们是可疑的。由此我喜欢杨碧薇诗歌中的那些"杂质""颗粒""矛盾""不洁"甚至"偏执""放任"。但是，反过来这种"不洁"和"杂质"必须是在诗歌文本之内才具有合理性，更不能将之放大为极端的倾向。杨碧薇具有写作长诗和组诗的综合能力，对于青年诗人来说这意味着成熟的速度和写作前景。而杨碧薇的长诗《妓》还被人改写成小说在"颓荡"微信上连载。这种写作的互文性不无意义，至于达到什么样的文学水准则是另一回事。在杨碧薇的诗里我看到了一个个碎片，而她一直以来只在重复着做一件事——将一些碎片彻底清除，将另一些碎片重新粘贴起来。

三

诗人有道，道成肉身，以气养鹤，或许这是另一个时代的朱耷或徐渭。这也许说的就是白木。但是，这也许正是一个"焚琴煮鹤"的时代！

我很喜欢白木诗集的名字——《天上大雨》。

这自天而降之物直接对应了人作为万物之一与空间的本能性关系。而该诗集开篇第一首诗的第一句就是"雨落大佛顶",自然之物又具有了人的重新观照和精神的淬洗。实际上,诗歌中的"神性"不仅在当下是睽违的词,而且在一个后工业时代谈论神性多少显得如此不合时宜、令人不解。而从诗歌内部来说,"神性"如果不能真正转化为内心的精神自我就很容易成为极端高蹈自溺的危险——这是同样一种"语言的世故"。但是,具体到白木而言,诗歌已经成为他精神修习的淬炼过程。正如他的诗句所昭示的一样,"诗人应当学会乘鹤"。那么"佛""寺院""教堂""山水"作为重要的精神场域在他的诗歌中就具有了合理性和可信度。当然从美学上考量这一类型的诗是否具有有效性则是另一回事。白木这些与此相应的极其俭省的"小诗"让我想到的是佛偈,是因果、轮回、生死、幻化、挂碍和了悟的纠结。但这样的诗无论是从这一类型的诗歌传统来说还是从诗人所应具备的特异能力来说其难度都是巨大的。白木的诗有生命体验,有玄想,有超验性。尤其是超验性通过借助什么样的诗歌内质和外化的手段来得以有效呈现是诗人要考量和自我检视的。由这一类型的诗歌继续推进和拓展,我们会注意到白木的很多诗都具有极其俭省和留白的意味,这是朴素,也是难度。一首诗的打开度既与诗人的语言有关,又与对诗歌本体的认知相通。白木的诗是直接与时间的应和,生死一瞬,草木一秋,有焦虑,有追问。在其诗中时间性、存在感的词语和场景的出现密度极高,甚至有的诗直接以"生命""死亡""时间""现世""来世""墓志铭"做题。值得细究的则是就时间向度来看白木的诗歌时间更多还是依从于农耕时代的时间法则,比如《立春之歌》《寒露之歌》《气候之歌》《立春》等这样的带有"传统节气"诗作。由此,白木的诗非常注意"心象"与外物"气象"的关系——这是精神呼吸的节奏和灵感调控方式。他的诗歌也更像是与"心象"对位、感应的"隐喻的森林"。自然之物作为意象群的主体部分频繁出现,这是一种不由自主对现代性的排斥使然。从一个当代诗人的写作主体和精神趋向来看,白木是一个居于语言的"老旧人物",有山野之心,有超拔的格调,也有或隐或现的对惨厉历史与快速时代的不安与转身(比如《文明之歌》这样的文本)。无论是以"论"为题还是以"歌"作基调的系列诗作,白木仍然是对这一时间性命题的整体性加深与延续。白木的诗不乏孤愤之心,涉及到"故乡""回乡"时我感受到的是一颗现代人的如此分裂甚至撕裂的内心。

四

老刀的"皖中"地景与丧乱的背影——"雨水南来之夜,让人想起／一个目光游离的过客"。沉默、散漫、不宁、失神,漫不经心又满怀心事。这大体是十几年来老刀的写作状态。在80后一代诗人中老刀是我在阅读中较早接触的诗人,尽管至今并未谋面。进入一个诗人的文本会有诸多孔洞和缝隙,而老刀的诗除了让我们看到一个诗人的心路和情感状态以及与生命和时间指涉的诗歌状貌,还让我们目睹了文字中的暮色和阵雪以及泥泞中的"皖中大地"。

我比较感兴趣于诗人和空间之间的关系,这既可以细化为日常化的细节、场景和意象群体,也可以还原为写作者与地方性和时代空间之间的对话关系——即一个写作者如何在淮河以南和长江以北的江淮地区找到属于自我的发声装置并进行有效的再次发现甚至命名——比如他的组诗《皖中平原纪事》。尤其是在地方性焦灼和失语的城市化以及后工业时代,我在太多的诗人那里看到了一个个同样焦灼、尴尬的面影。那么,从诗歌的空间出发,老刀和他的"皖中"呈现的是同样的面影吗?这些面影是通过不同于其他写作者的何种修辞和观察角度呈现出来的?这样的问题似乎并不是针对老刀一个诗人的。在一个"故乡"丧乱的地图上——"大东南的平原上危机四伏",一个诗人不仅要在现实中完成度量、完成具体的日常化的地理变动(比如安徽、南京、杭州……),更要在文字中重新建立一个与之对应的特殊的精神空间和灵魂坐标。"雪落在对面的井台上"——这是一个略显寒冷、沉滞的空间,更多的关乎生存渊薮与当下的日常境遇和经验伦理,而不是曾经的另一个理想主义乡土诗人的幻象和"天鹅绝唱"。如果不被同一个空间的其他诗人的声音和腔调所遮掩,这就需要诗人在生存和历史的双重时间化视野中具备另一种"还原"的能力。老刀具备这一能力,但是也有着不可避免的"影响的焦虑"。诗人所怀念的那一部分应该有一定的"白日梦"质素——介于现实与梦之间的位置。老刀的诗歌大体是冷峻的,如刀置水、似冰在心,更多时候诗人在雪阵和冷彻中展现一个精神自我的无着境地——"邻居是本地的异乡人"。这就如一个青年的成长史,我们只是记住了"1993年的大雪",偶尔听到一个人的咳嗽声——这是时间和皖中大地的双重暗疾(代表性的是《伤感》一诗),"记忆满是灰色的田野"。在老刀的诗歌中总是隐隐约约出现落雪时刻沉暗的乡下、村庄、市镇和旷野,这成了不断拉扯的精神根系——"20年后 // 下午依旧与我亲切地打招呼 / 在小镇的路上偶遇"。老刀的诗中有不动声色的冷酷隐忍的部分,当这一部分降落在具体的生活场景之中,寓言和白日梦与现实夹杂在一起的时候那些意味就一言难尽了——"我正坐在一列开往江南的列车上"——儿时的江南不再,却到处是日常的"刽子手"。

五

日常的砧板之上,时间的流水之侧,谁为刀俎?

泽婴,写诗,写小说。每一个写作者都会在诗歌文本中重新寻找精神成长史以及自我的映像——"北方的鸟睡死在北方的寓言里 / 公元1983。"在漫长的雨季中,诗人披着一件已经被反复浇淋而发亮的雨披。有时候读泽婴的诗,我会不由自主地想起多年前某个人背后的呼和浩特以及北方广阔的风声。这是一种原发的精神呼应——"树叶落下 / 仰望天空 / 这是在北京开往呼和浩特的火车上 / 你不懂的／正如我没有想到／遥远的和过去的／光线在落叶的距离中做梦"。时代的火车所承载的是光阴，也是无法挽回的记忆碎片。

在泽婴的诗歌中我总是与那些秋冬时节的寒冷景象相遇。就我所看到的那些关于"节气"的诗歌，泽婴的组诗《二十四节气》是写得最好的——开阔而深邃，具有对时令和个体重新还原和重设的能力。我愿意把《夕像》这首诗看作泽婴诗歌写作的一个基点或者精神趋向的主调——"那不是整个村庄的叹息／仿佛你的叹息／你悄悄躲进山洞，好像真的消失／留下我在迷藏中寂寞地啜泣"。

泽婴早期的抒情短诗和片段有些像洛尔迦和海子式的谣曲。晚近时期泽婴诗歌的抒情性和叙述性非常突出，而泽婴的诗在叙述节奏上大抵是缓慢的，声调也不高，但是具有一种持续发声的能力。仿佛一只青蛙扔在凉水里，然后缓慢加热，直至最后让你感受到难以挣脱的困窘、窒息甚至生存和记忆的恐惧。慢慢到来的阵痛有时候比一针见血更难捱。泽婴的诗歌更像是一种极其耐心的劝说和诉说，既针对自我又指向他者。这样看来，泽婴的诗歌具有"信札"的功能。从外在来看，泽婴的很多诗直接处理"信札"的题材，或者直接以"书信"的形式来写作（比如《回信》《信笺》《一封信》《蓝信纸》）。诗歌对于泽婴而言就是"蓝信纸"。由此，我们看到更多的时候是诉说者和倾听者两者之间的纸上交流，有时候也会谈谈身边的天气、谈谈近日的状况和心情的潮汐，谈谈现实的苦雨、溽热以及人世的冷暖悲辛。我听到了一声声若有若无的叹息和感喟。当有些内容是"信札"所承载不了的,诗人就会用另一种语气来面对近乎无处不在但又无从着落的虚空和时间所带来的生命体验。

在泽婴的诗歌形象中我还经常会遇到一个"少女"和一个"少年",他们所对应的必然是一个人具体的情感经历、童年经验和记忆的光斑。与此同时,泽婴诗歌中的"孩子"也对应于主体的心象——精神化的亲昵、呵护、疼爱。诗歌就是记忆,这多少已经显得大而无当的话却未必不是真理之一——有时候"童年期"对诗人的影响要比普通人更甚。如今,在泽婴的诗歌中我渐渐目睹了惨厉而不惊的"中年之心"与"无奈之胃"。实际上我更喜欢泽婴诗歌里的那份淡然不争,这在当下几乎成了罕见之物。这样来说,诗歌所承担的就是劝慰的功能了。"白裙子上洗不掉的残色"正是生活的法则。在"记忆的线段上",在日常但是又必须小心翼翼而不无冷彻的人生路上,每个人都需要一个瞬间——被幸福和神眷顾的瞬间,而诗歌写作也属于这样的一个瞬间。

六

紫石,光看诗集名字《吻过月亮》就能大抵看到这是一个与很多女孩子一样怀有紫色的爱情童话之梦的诗人。诗歌成了诗人在现实与梦境、此岸和彼岸之间的摆渡。精神自我,爱的花园,午夜的星空,远方的来信,还有灰姑娘的不幸和眷顾,这似乎很容易成为一个女性诗人精神成长期的写作主题。

那么，紫石的诗是什么样的一番图景呢？带着这个疑问来看看她的诗吧！

对于女性写作而言，显然更容易成为围绕着"自我"向外发散的写作路径和精神向度。紫石的写作就是如此，有时候并不一定需要用"辽阔""宏大"的美学关键词来予以框定。女性写作更容易形成一种"微观"诗学，在那些细小的事物上更容易唤醒女性经验和诗意想象。这种特殊的"轻""细""小"又恰恰是女性诗歌传统的重要组成部分。而对于多年来的诗歌阅读经验和趣味而言，我更认可那种具体而微的写作方式——通过事物、细节、场景来说话来暗示来发现。由一系列微小的事物累积而成的正是女性精神的"蝴蝶效应"。由此，紫石的诗是关于精神主体的"小诗"，是舒缓但不乏张力的夜歌。但是紫石的这些"小诗"由诸多的孔洞和缝隙组成，里面可以容纳流水、细石、沙砾、清风和天空，可以容留一个悲欣参半的女性倒影——"我在灿烂的日子蜕变／向着初秋"。我想，就诗歌与个人在时间向度上的关联而言，这样的诗已经足够了。有时候，诗歌不一定与微言大义或者与"大道""正义"发生关联。"平静生活"的背后是什么？日常生活了无新意的复制与偶然的精神重临之间是什么关系？这是我在阅读紫石诗歌时的一个感受。诗歌就是内化于自我的精神呼吸方式，而女性则必然在其中寻找、铭记、回溯、确认、追挽、龃龉、宽恕或自我救赎，也有不解、悖论、否定和反讽构成的女性戏剧化自我。这是一株临岸的水仙，照映和对照成就的是女性精神主体的镜像。

七

6个人的诗读完,我正在炎热的北京街头步行回家。每次途经地坛公园我都会想到那个轮椅上的作家。那么,春去冬来,寒来暑往,生老病死,诗歌有什么用呢?多年来这个问题不断纠结着我。文章到此打住,我想到了王原君的一句诗——"天黑了,我们要自己照耀自己"。同样是�夜般的背景,而泽婴给出的则是——"你的信里写:没有一支火把,最后不被熄灭。"也许,在现实的情势下每个人照亮自我的"光源"并不相同,但是也许正是彼此之间的差异性构成了我们这个时代的客观整体性参照中互相指涉的必不可少的部分。

"内部已千差万别",这不仅是我们的诗歌,也是我们的生活本身。

2016年7月,北京

目录

内部已千差万别
——"差别诗丛"6位诗人的精神
地景 / 霍俊明 /001

第一辑　北京情话

阳光灿烂的早晨 /002
北京情话 /003
短歌 /006
青年马克思 /007
中国铁箱 /008
人海 /009
两不厌 /010
狐狸 /011
我的低温女孩 /012
知丘 /013
躲藏 /014
北方的树 /015
中秋 /016
阻挡 /017
海的女儿 /018
高架桥下的奶牛 /019
论语 /020
我一再写下少女 /021
那次，你提到海 /023
青岛 青岛 /024
给一个女孩写信 /025
灯笼 /026

十二月 /027

冬至 /028

陌生姑娘苏珊娜 /030

第二辑　南方来信

南方来信 /034

纯洁的 /036

M /037

傍晚的西西弗 /038

残酷 /039

深山中 /040

冬天的惠特曼 /041

所有死去的人都是独自唱歌的人的亲戚 /043

凉 /044

矮天使 /045

塑料旅店 /046

画眉鸟 /048

弧形灯 /049

深夜的革命者 /050

宝藏 /051

万能工具箱 /052

我们看见光 /053

星夜信札 /054

春风辞 /055

边陲小镇 /056

鸵鸟的致辞 /057

权利 /058

人者有其居 /059

空谈是多么幸福的事 /060

搓衣板之歌 /061

破坏者 /062

左轮手枪 /063

解放路 /064

命运总在掠夺…… /065

十月 /067

第三辑　饮马歌

丢失的梦境 /070

豹子突如其来 /071

笑忘录 /072

清新十二行 /073

清晨吃下一勺理想 /074

生活说：P/075

生活练习册 /076

夜颂 /077

有一回老挂钟走得很准 /078

饮马歌 /079

灰色的自传 /080

有时生活…… /082

红房子 /083

我们亲爱的吝啬鬼 /084

小令 /085

看见 /086

缺席者 /087

孤独……/088

哥本哈根之歌/089

涅磐/090

时间的灰烬/091

夜难寐/092

傍晚下起雨/093

难忘的歌/094

荒凉之夜/095

第四辑　我吞下铁

潜行者/098

他说：爱/099

生辰之年/100

停不下来/101

生活是一匹马/102

大雪压弯/103

澡雪/104

记忆/105

夏天写一首冬日的诗/106

风车人/107

我吞下铁……/108

蜂鸟　蜂鸟/109

住在天花板上的神/110

变形记/111

冷风吹/112

绝境/113

赶往一场婚礼的人/114

失败之书 /115
开花的石头 /118
喝彩 /119
死亡之夜 /120
铁丝之心 /121
目的地 /122
树的蒙太奇 /123
我不是故意的 /124
颂歌 /125
岔路 /126

第五辑　蝼蚁镇

序曲 /128
尘埃之诗 /129
情景 /130
淹没 /131
怀疑者 /132
早稻田 /133
篱笆院落 /134
口袋 /135
小河之晨 /136
劈柴是一件美好的事 /137
岁月像一把镰刀 /138
向下的力量 /139
瓦斯之歌 /140
有些困了 /141
屋顶骑士 /142

没有士兵的国王 /143

时钟的迷宫 /144

跨世纪 /145

乡村教室 /146

间歇的声响惊扰了谁 /147

孤军奋战 /148

人人都有一段中世纪 /149

三棱镜 /150

封面之诗 /151

在子宫里 /152

非常卡夫卡 /153

漫水桥 /154

像每个星球都有自己的轨迹 /155

蚂蚁、蚂蚁 /156

菜园 /157

集市上的音乐 /158

街道是永不灭绝的田野 /159

日光照进金黄的现实 /160

草垛之歌 /161

该走的都走了 /162

低矮的山岗 /163

冬天的雪 /164

麦田里的守望者 /165

第一辑

北京情话

阳光灿烂的早晨

知丘

长驱直入的阳光
勇敢的阳光

躲在墙外的阳光
害羞的阳光

穿越枝叶的阳光
执著的阳光

那么多阳光在街上
那么多人在阳光里
跟那么多尘埃挤在一起

北京情话

1
在古代,才会有真正的爱情
在古代,必然也有妓院
在古代,两人相遇都城
像此刻,我们深怀复古之心

2
走在这俗世上
我向一缕清风致敬
我向黄昏致敬
风是天空的爱意
黄昏是大地的爱意
走在这俗世上
唯一隆重的事
就是走向你走进你

3
来来往往的情人和车辆
像雾霾,笼盖四野
在这个拥挤不堪的城市
荒凉逼迫我们在一起

4
也只有疯狂

能让我们安静下来
只有撕扯
能让我们重归纯洁

5
坐在将黑的房间
想起你发光的身体
暗藏着闪电和诗
像资本时代的救赎

6
钟表发明了时间
酒发明了粮食
猫发明了老虎
你发明了另一个我

7
很多事说不清如命运
苏小小和武松的墓
就在西湖几步之远
此刻顺便记起杭州
也不过因想恋某个人

8
阳光像先贤的嘱托
雪后更加明媚
爱情坐南朝北

统治着众生的品位

9
这山河也太像风景
这货币也太轻
这车马常来梦中
这沙场需要一场爱情

10
一个时代结束了
君王　杀伐　臣服　霸业
一个时代结束了
在两个人远去的背影中
在太湖边的小城
一个时代结束了
两个人在爱情里定居下来

短歌

知丘

清新的少女,我的哲学导师,启蒙私塾。

她用垂柳长发教我初春的瀑布与倾泻的愁绪
用眼眸教我非线性的时光,教我言不尽意
用嘴唇教我爱,整册味蕾的《本草纲目》
用肚脐教我清泉石上流,某次悠远的攀登后
用小乳房上的星辰教我仰望,在无垠暗夜
她用秘密教我挖掘并守护另一些闪光的钥匙

清新的少女,我的精神粮食,故国首都。

青年马克思

莱茵小青年卡尔·马克思
用他一流的母语
写下爱情诗
为童年的好友　终生的好同志
威斯特华伦·燕妮
假如婚后第二年
他没有与另一位好同志相遇
他会一直是个小律师
兼抒情诗人
这不过是我的瞎猜
其实，中学生卡尔·马克思
便以论文《青年在选择职业时的考虑》
光荣毕业
并立下为全人类而劳动的志向

中国铁箱

知丘

社会主义的小火车
载着资本国家的好节目
封建时代的小伙子
深夜开往首都
此刻，人民安然入睡
这中国铁箱
碾过北方平原
让无声掷地有声

搭乘今晚的小火车
我路过你们的城市与喘息
像天亮前消匿的露水
阳光，曾是我们共同的背景
但内部已千差万别

人海

沉湎于幻境的人
沉湎于破碎
沉湎于西式怜悯

我沉湎于自言自语
置身时光的空隙
我爱上跋山涉水的人

两不厌

知丘

多么美好的旧时光
在张弛之间相爱
在小旅馆单薄的床上
我们动或不动
都横竖不说一句话
窗帘偶尔亲吻风
就遇见浅蓝的天空

狐狸

猎物爱上了一个猎人
故意大声走动
在林间唱歌
在银色湖面上跳舞
留下爪印做情书
与同类保持距离
被家族当耻辱
进过甲级精神病院
猎物不管不顾
终其一生都准备
成为最完美的猎物
在九月的月光里
猎物脱去毛皮
潜伏的猎手
悄悄将子弹推上了膛

我的低温女孩

知丘

她松鼠的手脚冰凉,内心凄楚如神祇
所有环绕只是耳旁风
她的疼痛,从云端倾泻而来
像下面沧桑的人民
初具规模的温室效应
丝毫不能抚慰她小乳房里的冬天
我的房间没有暖气片
仅存的北极丝绒,正在运输中
而我反复的攀登
不过是再一次深渊的旅程
我的壮烈进攻
最后不过是轻微的蠕动
世界依旧充斥钢板、玻璃、陌生人
而她满怀三月的屏风
通体冰冷,像假装示威的队伍
她不关心历史,随时会落雨
而我只剩一枚伞柄,带着遍体鳞伤
凉凉的,像寒武纪遗留的虫鱼
凉凉的,是无家可归还是回家就想远行

知丘

我有四位老师:星辰,礼仁,大海,回忆
星辰是礼仁的形状,大海是回忆的仓储
我在海上饲养着十万只银白猛虎
透明的咆哮和鼾息,节拍敲击海岬
十万束晨光的先天栅栏环绕
十万太小于海……
恰如人海是对自我的一次否定
恰如满月的乳房是对书卷的唤醒
我执迷传统的细沙,在潮汐中不减不增
我热衷速朽、爱情、速朽的爱情
以及对海水味道稍微的篡改
我有四位老师:童年,野史,故乡,少女
苦涩是所有功课的叠加,的确
从大海打捞晾晒甜蜜的词语乃我的终生作业

注:知丘,典出《孟子》:"知我者其惟春秋乎!"

躲藏

知丘

如果全世界都开始下暴雨
如果所有屋顶都漏雨
如果我们站在哪里
都是站在雨里
我们该做什么好
亲爱的我们做什么好!

北方的树

杨树,有没有故乡
在哪都这样
傻傻的高大、挺拔
绿叶葱茏
像个腼腆的男人
浑身有使不完的劲
那些路边的、河岸的杨树
春天日复一日葳蕤
待秋风扫落叶
光秃秃的北方原野
高低错落的杨树
最后的孤独也是直立的
杨树,有没有故乡
在哪都一样
像个傻傻的男人

中秋

知丘

在大地上长满的复制品中
有报废的时代天使
有年轻鲜活的庄稼

秩序无能的钉子依旧
阻止不了人群
赶去夜市采购星辰和云朵

二十四节气像二十四个
不同省份的姑娘
中秋大约来自山东

而月亮教会我的
像她光滑的蜜一样多
像某年我从孤独课堂肄业

阻挡

你不能阻挡
一滴水
从天空跌下来
从缝隙漏下来

一个雨点落下来
一片雪花飘下来
一粒冰雹砸下来

你不能阻挡
倾城月光洒下来
我打灯笼向你走去
我光脚向你跑去

海的女儿

知丘

有一天,她感染了小圆号的悲伤
把身子弯曲为一只紫贝壳
在海妖出入的窗前,捂起耳朵
她忘了吹奏体内的竖琴
让自己从一颗草莓长成荔枝
将鲜艳的水分藏在了衣柜后面
她拒绝油彩,再次撕掉素描
画一个沙滩男人,风一吹就不见了
在海岸,他们像两个国家的旗帜
在深夜,她站立茶几上唱歌
在北方,他们扮演路边木椅的雕塑
最终把各自迁出词义之外
如今她是穿白吊带裙的乖女儿
听众是另一个人,彼此是幸福的人

高架桥下的奶牛

沿着大河,我们走湿了帆布鞋子
走丢了一条木船和一队蜻蜓
我们越过了钓鱼的小团伙
以及一无所获的过去式
我们走到印象中的密西西比
顺便怀念了马克·吐温
天边一朵云,爬过灯塔小栅栏
在密林中遭遇醒来的大灰熊
坏心思被一片葱地变清白
沿着大河,我们一路拍照
坐上堤坝吃掉几块夹心饼干
踏遍铺满干牛粪的林中小道
但见五十只奶牛齐刷刷转过身
紧盯你,仿佛你是一头真正的公牛

论语

知丘

人和人之间的关系
仿佛隔着窗户纸
戳破了
也便相安无事

男人和女人之间的关系
仿佛隔着窗户纸
戳破了
也便相安无事

我一再写下少女

真理是少女的基本形式
美是少女的壳
道德,哦,道德属于少女
与我的辩证关系

我一再写下少女
天真,经验,单独,复数
我一再写下少女
以反对中老年男女以及少男少妇

我一再写下少女
因为时代太旧太闷貌似新鲜
像消费者手中的苹果喷洒过水珠
而少女是对新花样的专政

我一再写下少女
为呼吁一种从头到脚的少女性
直接,又遍体古风
谈论理想总要讲点书面语

从橱窗找寻星辰,不够少女
从别墅返还自然,不够少女
从T台仰望十字架,不够少女
从宠物获取慰藉,不够少女

昨天,在深夜的荷花市场
在中国先贤、但丁和歌德之后
我对少女产生了具体认知:
"安静如大海,荡漾如大海。"

知丘

那次,你提到海

你说,我的句子里包裹着大海
这发现,真让我害臊
得承认,海我见过
两次在日照,三次在青岛
但亲爱的,我保证
白纸黑字的海是干涸的
我从未想过要藏匿一片汪洋
甚至大江与河流
甚至湖泊和池塘
有次,我曾写下泡沫
没出一个时辰它已彻底破碎
我暗自恣睢汹涌
但看上去多么风平浪静
这伟大的表面——
这缀着露水的刘海,我正抚过

青岛 青岛

知丘

十月开始万里马拉松长跑
而雨没有尽头
有人在天涯海角看夕阳
有人火车刚好进站
有人在去上海的途中
而雨没有尽头
像一把竖琴在弹奏
这城市倾斜变换的格局
而雨没有尽头
车如流水,游人如织
栈桥蹲满小商贩
正在兜售塑料贝壳
而雨没有尽头
蓝天碧海,雨想下给谁看

给一个女孩写信

我在山上
给一个女孩写信
纸张快用完了
那些云
墨汁变稀薄了
那些露水

信笺不是青鸟
墨汁不是幽鸣
写信不是发信息

我在山顶
给一个女孩写信
笔触轻缓
山下的她
昨晚有一点儿累

灯笼

知丘

我们看不见白天,星星眨眼睛
就像美好被美好轻轻遮蔽

然而,灯是如何爱上笼的
有时猛烈、暴风;有时微弱、呼吸
从房间到街上,火焰在闪烁

然而,灯是如何爱上笼的
吵闹以及隔音,置彼此于死地
凭爱意能否点燃西山晚霞

灯笼的明亮,危机四伏
可是,那么多年,纸包住了火……

十二月

豹纹在你身上,唤醒我身下的豹子
赤道的雨,湿热而急促
天空掀翻云朵,雷鸣悦耳
奔驰吧,心率按响死神的门铃
而在永恒的热带
冰冻是我们脚底的凉鞋
众神是方圆十五里的穷亲戚

欢爱时刻,保罗·策兰可以避孕
像广场之钟捻碎头顶的雕像
速朽吧,太阳镀金的龙床
睡着我们廉价的子嗣和父亲
中国纹理在一块丝绸上吗
我对古老典籍的迷恋与日俱增
我周边的你,体内的你,与光同尘

冬至

知丘

此刻,你在别处的天空
翻滚,飘飘然
云朵的套衫宽解
水分丰沛,淋漓洒落

此刻,黄橙在枝头
闪烁期待的复眼
清风爪子拂过
液汁甜蜜地喷涌

此刻,我这里下起雨
芭蕉张望着脸
墙外老槭树
站立褐色回忆中

此刻,怀念是块铁
钉进时光蹄掌
步伐揪着心
狮子在赤道打盹

此刻,小心偷心人
没有国籍的家伙
连悠远的祖籍也丢了
敞开窗,让光多些进来

陌生姑娘苏珊娜

知丘

陌生的姑娘,苏珊娜,这首诗写给你
和世界荒凉的一隅
岁月的裤管,又瘦了几分
我依旧没写出一首散尽千金的诗

它不是最好的,却是最后的
却是最初的,像装着蜻蜓的白药瓶
我走不进鬼的老磨房
我不带刀,看你在天边哭
温婉的心境一如这季节的外衣

我也不打算去天堂无聊地玩牌
天使也不关心琐碎的词句
我只好写给你,苏珊娜
陌生的姑娘,陌生的银河之畔

每一条街道都通往南北朝的酒肆
每一片花瓣都闪着丹麦的星星
而我依旧走着走着就丢了魂
苏珊娜,年幼的苏珊娜已足够年轻

我设计着种种我们不相遇的戈壁滩
并在我们中间抛下一个"人海"
当雨水挂满窗帘,苏珊娜在江南

当金子的光,刺瞎我的金钱豹
苏珊娜在草原,她的帐篷是纸的瞳孔

我们终生不会见面,亲爱的苏珊娜
你将在叫茶卡的小镇安度晚年
苏珊娜,我写这首诗给你
它不是迎歌,不是别赋,也不消魂

写完它,我就马上忘记你,苏珊娜
写完它,我就马上撕掉
写完它,我也不会马上出门去寻找
我的苏珊娜,陌生的姑娘,天真的终结符

第二辑

南方来信

南方来信

知丘

第一封信来自南方小城，再往北就过于寒冷
叶赛宁家乡梁赞省，正进行小范围土改
针对一头棕熊的性感和暴力议论纷纭
知识考古派的清晨，被早醒的朝露湿透了
我们分属二十四节气中的谷雨和惊蛰
隔绝加速的高铁，以及你的婴儿和男人
我记得两条河，合二为一，一个消匿另一个
不解风情的黑夜还将持续，在街头
在油腻的下水道，在你阴道冷酷的尽头
长期隐居着一位性别模糊的生硬家伙
其面容像一堆废墟，或中世纪的教堂尖顶
有时候，我拿捏不准一个词像一尾狐狸
用光了将近两个世纪的沉默和墨汁
乘坐一列蒸汽火车，路过晋国的煤窑
我从都伯林的同性恋酒吧抵达天安门广场
沿途所见都很美：区别于你的变种
与英雄雕塑相比，你更信任乳房的坚挺
美之圆弧，这视觉与触觉的合理假象
哦，南方，跨跃万里山川，我曾空降广州
一个老军校旧址，催人迷醉某场战争
这些年，我忽略过辽阔的中间温润地带
而你天生皈依那里，云霓丰沛，水乳交融
最后一封信来自南方小城，别再往北
众声曰：向西——花花世界或极乐世界

我更倾向置身语言的包厢纸醉金迷
而你，3P也不过是四书五经的第三页
孤独生长如蛔虫，在时代肠道内蜿蜒曲折
在每个朝代的大街小巷，灼灼其华
在齐鲁，你和我，李易安和辛稼轩的山东省

纯洁的

知丘

如果你始终认为她是纯洁的
她就始终是纯洁的
如果你始终认为她是纯洁的
她就始终是纯洁的吗

M

这是我的,还是天使的缩影?
当写下大大的"M"

我的卡尔·马克思
落满尘埃的《资本论》

我的马尔库赛
单向度的解放牌卡车司机

我的毛泽东
我的玛丽莲·梦露
他们的痣,征服了东西方

我的麦当劳、麦当娜两姐妹
还有什么不是快餐?

我的"M",大写的"M"
未来的世界,必然是,妈妈的

傍晚的西西弗

知丘

狮子也并不总是威严的猛兽
它走向半空中两条麻绳
习惯性扭过头
眼神中灌满了水银
笼子外的欢呼
不过是短暂的抽搐
观众偶尔的惊惧
不过是吓唬自己的把戏

"如果单单散步——
即可捕获一顿丰盛的晚餐……"

天大的厌倦
最后变成一个水泡
巨额的遗产
打了一个得体的水漂
像空气无处不在
像真空乃存在的例证

"这网罗中的日月——
正如井底之蛙的浩瀚星空……"

残酷

一个倒下去的人
要再次倒地
还要担负
沉重的过客
和他们的道听途说

深山中

知丘

引领前行的神,或许正是挡道的鬼
旗帜和尿布,产自同一厂房

蘑菇,大地上星星点点的龟头
蘑菇,被拆迁的小小四合院
饱满且耻辱的时代,全靠充血撑着

蝼蚁分泌的汁液,永不够吸吮
在另一个乡镇,她的毒害苦了子嗣

有次,暗随打水者行至山间溪畔
周围的雾气,真让人想去死
想死后化身那泉音叮咚、氤氲缭绕

冬天的惠特曼

无边的衰草从农村包围城市
枯叶自梢头降落
不留情面
像候鸟改嫁
像飞机毫不犹豫
将一堆金属举上天空

人绝非首次被抛至高处
惠特曼的络腮胡须
亲吻并扎疼过美国的脸颊

女王也曾乘坐孤独马车
被架空到神像的位置
十字架上的男人
以鲜血的红灯停驻
以黑色席卷了世纪的衣柜

阳光冻僵,一缕缕冰线
抽打着门外汉
这是寒风的新形状
改头换面的政治生态学

至今没唱出一首自我之歌
农民变领袖数见不鲜

作为最好的谈资
弗农山的蒸馏威士忌
却始终不能将我们彻底灌醉

知丘

所有死去的人都是独自唱歌的人的亲戚

一只小虫子
夹在书页里干枯了

连阳光都有阴影
连鬼都不敢走夜路

我们用悲伤爱抚
不安分的翅膀

我们搬起石头
砸自己的脚

无穷变换的只是
欲望的体积

雨季如期而至
我们必须铺开身体

一只鸟和另一只鸟
是如何相爱的

凉

知丘

不是冷,绝对不相同,不是某种心情
不是辛稼轩,不是郁达夫
不是形容,不是感叹
不是一叶知秋,不是渐行渐远
不是降调,不是黑色幽默
不是世态,不是农民工
不是西伯利亚,不是巴勒斯坦
不是应届生,不是性别女
不是门庭若市,不是门可罗雀
不是广寒宫,不是图书馆
不是踌躇,不是醉,不是绝望
不是暗箭,不是背后插刀
不是人走茶凉,不是泼出去的水
不是人与人之间,不是人之外
不是江湖,不是阴间,不是民间
不是同学,不是同事,不是同志
不是血,不是血肉相连的血
不是气,不是意气相投的气
不是沫,不是相濡以沫的沫
不是你我他,不是它,不是她
不是子曰,不是语录,不是我操
不是基督,不是安拉,不是阿弥陀佛

矮天使

多愁善感的侏儒
孱弱的双臂
蜕成落灰的风扇
鼠目闪闪发光
谙熟半部《圣经》

醒来吧,信女
掮客,机会主义者
聪明的矮天使
爬过真理之树
有一百张愤怒的脸
和狡猾的舌头

谁都不能逃脱梦境
你买过赎罪符吗
亲爱的杀人犯
快去寻找矮天使吧
他就要隐姓埋名

塑料旅店

知丘

天黑了,我们只剩下半桶饼干
口袋里的面包碎屑
让我痛恨起克鲁泡特金
某年冬天我翻阅过他的自传
译者青年巴金
结果遗失在无政府的故乡
仅存蓝灰色封面
哦,我忘掉的事物也太多了
有次在一家小旅店
高速公路旁的俄式旧房子
在三楼最左侧
我把心脏咳进马桶
连昨日一块冲掉
哗——世界那么安静
大地如此冰凉
仅存主义赠予的棉花糖
天黑了,我们只剩下虚空
我换上一颗塑料心
我看不惯机器芯
但不坚决反对机器人
天黑了,我们只剩下遥远
星辰被先富起来的人
——命名
持续的暗淡中

我们只剩二十五瓦的灯泡
但是,主义万岁
天黑了,我们要自己照耀自己

画眉鸟

知丘

画中的画眉
不是鹟科的鸣禽
画中的画眉
比欢鸣的画眉更婉转

零下 5°C 的窗外
真实的画眉
要么从未飞来北方
要么已冻僵了

画中的画眉
我从未见过一只画眉
画中的画眉
她带来真正的愉悦

弧形灯

这从云端扔下的一截裤腿
这命运扭曲的天际线
这月末的翅膀,羽毛上的痣
这用旧的笔墨和纸张

这躲在电线中的问候
这流泪的风,响声中的转身
这脸庞,像一把刀子
这璀璨的灯盏,让人晕眩

深夜的革命者

知丘

乘改装渡轮的家伙开出码头
带着步枪和《资本论》
赶去解放一个遥远的国家
海风轻拂破碎的衣衫
他的微笑和额前的短发
是同志们的武器
他整个等同革命化身
穷苦、坚毅、信仰
把牺牲当成最好的死
初秋的大海上月朗星稀
想起家乡的姑娘
子弹的火药更加充足
他曾作战湄公河
后来又跑去哈瓦那
他到过南朝鲜
与铁托亦有牢狱之谊
他曾迷恋斯大林的胡须
如今热衷写日记
与世界上一些人通信
他写道:"驶离大海
我们就是暴力的普希金"
祥和的太平洋之夜
浪漫的革命前夜
突然袭来一场暴风雨
让一次伟大的革命泡了汤

宝藏

没来得及卸装,小丑就跑到大街上
小丑跑到赶去赴宴的人群之中
宴会,宴会,您贮备好盘缠了么
"咽下一口痰,再来半斤涂料好了。"

富有的小丑,钟形肩上驮着满筐笑料
这爱情的泡沫之藻,液体四溅之池
这生活的粗盐粒,霸权的铁锈渍
与年轻的赘肉纠缠成红白相间的旗帜

小丑跑到中型派对,抢走了镁光灯
"这该诅咒的家伙,必将被阴茎噎死。"
小丑跑到巴黎和莫斯科又跑到旧金山
小丑最后跑丢了,人们只剩下海选

小丑就是那个举着化妆镜来回动的亲戚
小丑就是我们内心鄙视的欠条
小丑就是手捧炭火之盆的老邻居
小丑就是我们日夜搓洗的内裤上的异味

万能工具箱

知丘

我说的也不过是——舌头；"视吾舌尚在不？"
有时，舌头找不到声音，声线割裂喉咙

而舌头也是斧头，也是凿子、解锥、铁锤
而舌头也是弹簧，也是面包、拨片、墨水瓶

它舔噬，舔噬吧，轮船的斑驳
琥珀的秘密泉眼，水银的贝壳之夜

它撕咬，撕咬吧，阳光腐烂云端的清晨
在彼此茂盛的叶子上绣花
在针孔打鼾，积攒骄傲的羞赧的月痕

它漫延，漫延吧，骑跨肉身上的河流
芳香着堤岸，流动，流动但却拒绝方向

它挖掘，挖掘吧，在幽暗的丛林
每一脚下去就是一个水洼，浅浅的星球

而乳房的小墓穴，其中一座请留着深埋
我金钱豹的毛发，以及采诗官的疲惫与祥和

我们看见光

我们看见光,我们看不见上帝
他的演说、命令与祈使
我们看见光
不分昼夜地蓬勃与悲伤

我们看见女人,她们遍体的光泽
在闭眼之后更明媚
我们看见光,看见阴影
看不见红、橙、黄、绿

我们看见光,看见日月
看见水底弯折的杨柳
光阴中佝偻的身躯
我们看见光,看不见青、蓝、紫

我们看见万物各呈其光、各著其色
我们看不见上帝
我们看见自己的城池
门楼上的霓虹

我们看见光
在黑夜深处更漆黑
我们看不见上帝
我们看见了光源的按钮与开关

星夜信札

知丘

拉满干草的马车,沿途颠簸着温暖的铃铛
天色昏暗,文森特在黄房子煮土豆
他将油画布及半块耳朵扔进炉灶
颜料噼啪作响,这有生之年唯一的火花
迎接无边际的黑夜准时驾临
桌上放着从巴黎寄来的三块金币
旁边湿润的信纸刚写完半行
"亲爱的提奥,我卷刃的铁锹之心……"
他想写写婊子的圣洁、贫瘠的富足
黎明的冰块、正午的杂货店
他想写美与脏乱差的辩证关系
但现在,他最想写一写面包的内在组合
以及女人银子般的柔软表面
"我已很久没碰过……危险动物"
他想起在舞厅的秋日时光
和保罗一起画《阿尔勒的姑娘》
但现在,锅里的土豆就要熟透
"说到我的事业,我为它豁出了生命……"

春风辞

奔走在北京街头,像复活节炸开的石榴
我不再是一个五四小青年
表面上;把旗帜篡改成围裙
让这个傍晚弥漫着鲶鱼和女人的清香

某年广州,烟酒店前的一个旧址
提醒我持久的北伐,还在继续
还在老挂钟的蹄子上弹奏新乡愁
但我不再是革命小青年,无需同盟会

中式汉堡,圣经,麦当劳,十三经
诗经?我也不再是维新小青年
不是西风压倒东风,就是
东风不与周郎便,为何我独怀饮冰室

怀念上海弄堂里肺病患者深夜搬家
怀念一座孤岛,面包与火药丰盈
怀念一名女子和她身首异处的坟头
暴风骤雨的脸,一个左联小青年的脸

告别樱花宴,我是不是延安小青年
上山下乡上课,我是文艺小青年
像一堆石头,红卫兵小青年早死了
世纪碑风中位移,可乐抑或露水夫妻状?

边陲小镇

知丘

女人离去的背影,仿佛一个伟大时代的腐朽
死掉的老鳏夫将铃铛挂在屋顶
许多脸孔鞭子一样抽打着另一张脸
夜幕降临,三驾马车黑帐舞动
光辉的囚徒,在有限的句子中抱头痛哭
低矮的瘦窗台,壁虎露出长尾巴
那是爬向天堂的梯子,也是通往地狱的后门

鸵鸟的致辞

深夜,梦见一只鸵鸟
从大片向日葵中飞奔过来
它的头部十分小巧
像思考超负荷的梵高先生
它跑向我,并代替我
像一滩水装进容器
我的脑袋忽然渺小了
像传统面孔比例严重失调

"拥有一颗伟大的头颅"
需要匹配什么熔炉
"十袋金币也不换"
我们把上帝架上金首饰

雨夜,变成一只鸵鸟
我又羞愤又庆幸
仅有的朋友会远离
制造埋伏的敌人
用卡车不断运来粗粝之沙
却是日常的养料
感谢时代的坏沙子
砥砺我日益缩小的脑袋

权利

知丘

乐章悠扬,夜晚捆缚酒鬼的手脚
少女们涂完脸谱,整妆待发
众人被判无罪,哑巴继续装聋
天鹅和鸡雏结伴,混迹同一舞台

每一个哑巴,都有沉默的权利
每一个酒鬼,都有酩酊的权利
每一个少女,都有骚动的权利
每一个路人,都有自杀的权利

人者有其居

住在墨水瓶里的人，窝藏一颗深蓝的珍珠心
住在屋顶上的人，抓到了星星的尾巴
住在海边的人，有湿漉漉的边境线
住在森林中的人，我们体毛丰盛的父亲
住在山尖的人，最近搬去了峡谷
住在树杈上的人，长出巨大的翅膀
住在子宫里的人，热衷于倒退着走路
住在中国盒子里的人，卖绿卡的小商贩
住在高处的人，踩坏了鹰的脊梁
住在文字里的人，蛊惑性的孤魂野鬼
住在垃圾箱内的人，等候着垃圾运输车
住在井底的人，紧抱最圆满的天空
住在村庄的人，奔往大城市的下水道
住在心里的人，是把你当成最终坟墓的死人

空谈是多么幸福的事

知丘

阴雨的日子,我们开始谈论另一些国家
像情感的祖国;我们说起——
许多外国人,像经年的好兄弟
不少故事仿佛曾一同阅历
或者自以为共同承担了某些局部
我们谈起1840年代的伦敦
1870年代的莫斯科
1920年代的巴黎
1960年代的旧金山
甚至1980年代的中国
我们吞下对方四处飞溅的唾沫
也被彼此的激情所感染
总有星辰闪耀在远逝的天空
这样说着,就像上面预留了位置
说到屠格涅夫
我们中就有赫尔岑
说到海明威
我们中就有亨利·米勒
说到威廉·巴勒斯
我们中也有杰克
如今身披各式外衣,天各一涯
每当天色向晚,落日漫进西窗台
我就想起那些岁月和我们这群可爱的人

搓衣板之歌

十年前,它从一块松木变成搓衣板
接下来五年,它包揽起全家的脏衣物
岁月和力量,渐渐磨平它的棱角
有一年,它被扔在天井的角落
后来,它被垫在门前做过三年台阶
再后来,它被父亲晒在屋顶上
十天后,被当初制造它的斧头砍成柴

破坏者

知丘

就要开始了
倒计时钟声响起
思想广场上人山人海

那个讨厌的家伙
估计不来了
空气里弥漫着恐慌
甚至有些期待
人们开始相互猜疑

仿佛每一张脸都戴着面具
仿佛他就在人群之中
不停地发出冷笑

左轮手枪

我有一把一九八三年的左轮手枪
像身体领土不可分割的一部分
或许你根本看不见,它时常绵软
在视力可及的范围之外低着头

多普通的左轮手枪,它能杀死谁
像一只躲藏在巢中凝望的鸟雀
含蓄掩盖了其坚硬的金属本质
当扣动扳机,死去的可能是自己

随身携带着它,仿佛我的身份证
人们知道它的存在但没人见过
像历史虚构中被避讳的字词句
它看似微弱却暗藏持久的爆发力

我的左轮手枪,那是最后的归宿
如果你发现了它紧紧握在手心
肯定是我已在细雨中失去知觉
如果扣动扳机,将有两个人倒下

解放路

知丘

公交车喘息着跑上解放路
风呼啸穿过夜晚身心
疾驰的小伙子
脚踩风火轮
在霓虹中寻找两块招牌
他额头的汗珠
与出门前同样晶莹

熙攘的解放路
人民的解放路
繁华的解放路
富人的解放路
解放后的解放路
开放后的解放路
越宽敞越拥挤
新世纪的解放路
已鲜为人知
民国时又名黄泥大街

解放路上的小伙子
正是一个需要被解放的人
匆匆前进的小伙子
要去买一包烟
外加一盒左炔诺孕酮片

命运总在掠夺……

一个人的死去,或给众丑搭建好舞台
而纪念,大约属于活人的肥皂剧
这一路走来,伴随无数细胞碎裂
黄色皮囊仍以象征衰败的国籍为荣
我们的黑父亲,被搁置墙角太久
像橙子,内心只剩扯不清的线团
一个人的死去,教会时代又一种死法
而死,继续一只鸟在池塘中发酵
唇间的蘑菇,屁眼里的迷津
卸去假肢的人兔子一样逃窜至夜总会
提及铠甲,人们只当一出笑话
一个人的死去,像一件过时的风衣
像风中灌满生铁的云朵,青着脸
要么让飞翔沉重,要么尿裤子
作为国家级的孤儿,用爱代替复仇
用悲剧洗头发,用塑料塑心肠
用持续的黏稠的吻,代替僵硬的口红
用一百五十斤口语代替身体
用什么代替垂直的尸体?
用诗歌代替香水,用寻死代替
人类残留的元素,用无用
唱进行曲:"我们习惯倒退行进"
一个人的死去,就是一群人的缺席
就是热衷旧,就是生不如死

就是头颅中大片土壤失去了肥沃
就是让性别的庄稼等同子宫
就是让荷尔德林重返他的林中木屋
就是在此时此刻,光天化日
说大师请回吧,我们已集体不再爱您

十月

早晨,我出门,被扑面而来的胜利冲昏了脑袋
要是没有一千年前夸大其辞的光晕
我会死得很难看么?我会一直苟活下去么?

地球,一滴巨大的透明的蓝色精液
它的腥臭,就是它旺盛的绝对生命力

但肮脏能耐我何?湿滑的最里面
住着鲜红的神,她说:三次,还不够

卡夫卡先生;梵高先生;狄金森小姐
这都是真的么?弱者的小宇宙和火车头

那么多虫叟,不知死活往前顶撞
那么多星球,唯独碰不上可敬的同类

打碎所有镜子,意欲审视更细微的自我?
这世纪末的果汁,喝一杯就成仙了
喝一杯就高了。但,我必须痛饮这自虐的佳酿

第三辑

饮马歌

丢失的梦境

知丘

不是我的理想,不是我的手枪
不是一片嫣然中守望的麦田
不是撕扯下碎片的无可奈何
不是我的呼吸,不是我的歌唱

不是我的葬礼,不是我的坟墓
不是哭泣声中僵硬的小面孔
不是大雨穿过英雄的旧盔甲
不是我的巫术,不是我的叹息

不是我的队伍,不是我的旗帜
不是朗诵结束盲流——离去
不是在现场人们脱光了上衣
不是我的复数,不是我的道路

不是我的玫瑰,不是我的草地
不是沉默不语那样简洁明了
不是无常与命运的儿时游戏
不是我的村庄,不是我的教堂

豹子突如其来

烈日之下,一头豹子跑到大街上
身披金色条纹的豹子
从动物园走失的豹子
空降人群之林,这日常的熙攘

"豹子,呵呵,豹子"
一头豹子带给路人的惶恐
远远小于——
一头豹子为何出现在这繁华闹市

笑忘录

知丘

天空笑出了电闪雷鸣
灯盏笑出了霓虹
彩虹笑出了克里斯汀
花瓣笑出了蜂蜜
美国笑出了卓别林
大海笑出了白花花的盐
河蚌笑出了珍珠项链
野鬼笑出了磷火
观众笑出了眼屎
只有舞台上的小丑
笑出了笑话却笑不出笑

清新十二行

雨滴一样的歌,星光一样的唱
幸福的淋湿,温暖的照耀
多美好的行列,像岁月的步伐
像变幻不定又恒常的四季
像每个月都有独特的心情标签
生活讲究枯荣之道,蝶恋花
理解阳光的味道才能明白露珠
喝醉了才能找回遗弃的母语
走遍天涯海角不过是落叶归土
女孩们都漂亮,嫁人多美好
像昨日礼炮响不停,众人结婚
像风抚过海面,来安慰这个国家

清晨吃下一勺理想

知丘

梦见后弈与阿波罗,就"日"的问题达成共识
某个章节我参与发表过某些不成熟的意见
更要命的是,至今不能一口吞下太阳
终日三餐,组织分派的大把没有糖衣的药片
像不可救药的电车,这只飞不起来的风筝
跑呵跑,我扯着头发跑,在自己的头发上跑
两个轮子在天空与大地之间,擦出火花
我的两个轮子,燃烧的风火轮,看见了么?
它们由鸟的翅膀、熊的掌、虎的纹理搅拌而成
但世界已被人民占领,人民又在被谁占领?
女娲坐火车去南方送水,将盛装出席泼水节
麦粒成群地坐在麦穗干净的小床铺上张望
我坐在面包中间,仿佛其中一员,等卡车到来

生活说：P

但我停不下来，身体从脚趾开始腐烂
现在是右手，如果这是最后的诗
我该写人类的灾难还是私人的幸福
窗外阳光不错，世界某地正在下暴雨
总有意料之外的事件轻易将我绊倒
流行病毒在继续扩散，就像大牌明星
袭击了群众的口味，人人需要偶像
代替我们去死，代替我们去经历耻辱
但紊乱的生活说：P。现在是左耳
听见迷幻快车驶来，带我去六十年代
现在轮到头颅，它再也无法折磨我
终于消失无踪，禁令和法律全都没有用

生活练习册

知丘

我看见潦草杂乱的生活
奄奄一息
被判无期徒刑

我看见横冲直撞的人们
体内的河流濒临干涸；或浪迹天涯
或沉默不语，目光呆滞，在冬天的门前咳嗽

我看见万里高空之上的、深埋地下的
矿物一样坚硬，忍耐着永无休止的道路和纷争
每天提心吊胆，不停加固城墙

我看见废墟上飞舞的碎纸屑
字里行间的害虫；被蚊虫叮咬的人心宽体胖
他们：转念之间又是新世界

我看见路上的人们
千姿百态——
而生活从来没有对谁另眼相看

夜颂

爱夜的人,也不但是孤独者;有闲者,不能战斗者,怕光明者。

虽然是夜,但也有明暗
有微明,有昏暗
有伸手不见掌,有漆黑一团糟
爱夜的人要有听夜的耳朵和看夜的眼睛
自在暗中,看一切暗
君子们从电灯下走入暗室中
伸开了他的懒腰
爱侣们从月光下走进树阴里
突变了他的眼色
夜的降临
抹杀了一切文人学士们
当光天化日之下
写在耀眼的白纸上的
超然,混然,恍然,勃然,粲然的文章
只剩下
乞怜,讨好,撒谎,骗人,吹牛
捣鬼的夜气
形成一个灿烂的金色的光圈
像见于佛画上面似的
笼罩在学识不凡的头脑上
爱夜的人于是领受了夜所给与的光明

注:全文来自鲁迅《夜颂》

有一回老挂钟走得很准

知丘

有时它慢三分钟,让劳作一天的父亲回家略显不太晚
有时它提前"铛铛"敲响,叫醒晨起挑水的母亲
有时它静止在某个时段,像我陷进回忆拔不出腿
有次它终于不快不慢,但那天去世的祖父已挣脱时间

饮马歌

我的马可能是汗血宝马
我的马可能是千里马
我的马可能是平凡之马
我的马可能是笨马
我的马可能是瘸腿马
我的马可能是头倔驴
我的马可能是懒驴
我的马可能是半截木棍
我的马可能是一阵风
我的马可能是我的笔
我的马可能从未存在过

灰色的自传

知丘

就让我像一片细细的灰烬
冬眠的小森林
埋身层层腐叶的黑洞穴

就让我带着岁月的余温
哭,但不出声
从一根雨季的火柴开始回忆

就让我像一片灰烬
坏掉的铁皮口琴
伴随着夕阳西下盲目独吟

就让我与鬼火跳危险的舞步
干草垛的兴奋剂
中式汉堡一样软硬得体

就让我像一片灰烬
有点儿飘飘然
再往前走一小段凌晨之路

就让我爬过漆狭的竖管道
酒鬼一样头重脚轻
抚平褶皱的细睫毛与蓝窗帘

就让我像一片轻轻的灰烬
从此踏上背运之途
闪烁着最后一滴倔强的眼泪

有时生活……

知丘

就像一个漏斗
所有细节都没了
我抓在手里的
只是一些粗枝大叶

红房子

都好多年了
我想有一间红房子
红瓦红墙红窗帘
地板和房前的花木
也是各种红颜色
红房子最好不要有门
要有天窗有好多窗

都好多年了
我心里燃着一团火
是什么让我远离人们
就是什么让人们疏远我

我们亲爱的吝啬鬼

知丘

关起门窗吧,亲爱的吝啬鬼
过多的窥探将剥落围墙
捂紧口袋,拒绝乐善好施
给予路人苹果而非果园
亲爱的吝啬鬼,就这么办吧

小令

那个蹲在阳光里打盹的老人
他是我们的父亲吗,棍棒变成拐杖
岁月迫使他低头弯腰
已认不出当年离家出走的小杂种

看见

知丘

我在山顶傲然俯瞰
看见人民,村庄
蚂蚁与河流
却没看见我的舌头

我在山谷拼命仰望
看见飞鸟,明月
电线与烟雾
却没看见我的母语

缺席者

生活永不缺少赞美
欢呼与歌唱
生活永不缺少角落
低处与遗忘

倾听一片微风
不知前因后果
翻阅一页水纹
河面随即平静

在接近完美的春天
我向节日的灰烬致敬
多么好,无论在哪
我都是沉默的一部分

孤独……

知丘

一个英俊青年的孤独
盛唐的孤独
万水千山的孤独
不吃荤的孤独
咒语的孤独
九九八十一难的孤独
得道成佛的孤独
骑着马的孤独
满腹经纶的孤独
途经女儿国的孤独
身为师傅的孤独
极乐的孤独
画地为牢的孤独
唐三藏的孤独
妖精不可收拾的孤独

哥本哈根之歌

丹麦的街道上行走着一只高傲的白鹅
屁股挂着城堡,双手捧着王冠
两侧的烟囱升起轻盈的童话
巫师躲在窗口张望,酒精灯燃着火
黑皮的中世纪古籍塞满了书架
温度计继续下降,无人理会
像冰层间的鱼,有时事物渴望静止
渴望融化与凝结的双重命运
瘦弱的人竖起衣领,导演戏剧
海底的星光映着门前的脸盘
清冷的雨滴不停敲打着谁的耳朵
坐火车的人已在途中,很快就要到达

涅槃

知丘

从健硕的喂养拼力挣脱
他第一次重生
从小乳房初发育的光晕里清醒
他第二次重生
从层峦叠嶂的脂粉之丘翻越
他第三次重生
从相濡以沫的案板上逃离
他第四次重生
最后的最后——
这个历经反复蜕皮
日渐矮小且松懈的坏家伙
从万劫不复之神
那蔑视的青光眼中
又迎来招人嫉妒的重生

时间的灰烬

多少河流干涸在山谷
多少女孩在森林深处迷路
多少高潮开始情绪低落
多少话语堵在喉咙里
多少种子在地下朽腐
多少肥沃的土壤堆满垃圾
多少星星曾窥见井底的影子
多少虫鱼鸟兽是最后的虫鱼鸟兽
多少沙滩已沉浸在海底
多少往事变成广场上的雕塑
多少清晨,我走出院门
却忽然不知要去往何处

我们祈祷,我们燃烧
我们都是时间的灰烬
日益逃离沉甸甸的身体
迟早有一天,我们要迎风飞起来

夜难寐

知丘

离家出走的梦游者
还在下水道摸索
黎明前的小伴侣
趁机奏起美妙乐章
那些短暂的欢愉
总能抵达某种深度
有时候是疼痛
让人们爱上流逝的一天
亲爱的,梦游者
还在路上踟蹰不前
早起的清洁女工
扫过头顶的乌云
阳光就要漏下来
暗夜之花颔首微笑
众人已准备启程
亲爱的,梦游者
就要到家就要回到床上

傍晚下起雨

两片不熟悉的叶子靠在一起
风带着另一片去往远方
麻雀的雨衣破了个洞
母鸡们在屋檐下窃窃私语
炊烟像退色的麻布
金黄的斗笠挂在墙角
蜘蛛捕获一只不要命的飞蛾
下雨的日子多少诗篇
被各个朝代的寂寞朗诵
幸福的猪在轻轻打鼾
多少行人还在旅途中跋涉
天提前黑了一小块
油灯和饭菜放上方桌
我们坐下来,父亲在温白酒

难忘的歌

知丘

就像一只鸽子
灰的,白的
被回忆驯养
描述,拍摄,观光

就像一只鸽子
灰的,白的
跳来跳去
开始象征和平

甚至不是鸽子
而仅仅是一只鸟
夕阳西下
捕鸟人在天涯

荒凉之夜

荒凉依旧结伴在公路上匍匐前行
而我依旧轻易就能被光芒刺伤
依旧在灯盏破碎的旅途中徘徊
夜色摇曳,更深的部分沉默不语

鸟群和雪片,轻盈地扭动腰肢
深不可测,侵入我潦草的表面
可是羽翼,可是融解,可是——

血小板在冻结,谁的心闪烁其辞
而温暖依旧是略经修饰的陷阱
窗台两侧依旧冷清,不分昼夜
而寂静依旧是人走茶凉后的疼痛

第四辑

我吞下铁

潜行者

知丘

有时候一个眼神就能阻挡我的去路
这软肋,吃不够感情用事的苦

春天,她光着屁股飘来荡去
谁双手遮住脸庞,同时松动指缝

有时候,挂在墙上,心灰意冷
面对一只瘦小的蚂蚁肃然起敬

更多时候,我不停地离开、出走
以独特的步伐跋涉在无名峡谷
我看到的风景,是无法分享的疼痛

他说：爱

凝结的泪水变成生活的粗盐粒
扯痛新鲜的、往日的伤口
唯有海边那座浩瀚的忧郁之城
足够淹没灵与肉的继续纠缠

八月末的几场雨总在深夜开始
清晨醒来仿佛已经置身秋天
季节总在无意之间悄然转换
危机四伏的酷热还未真正来临

没有故事的人，抽屉里藏着刀
日记里存着零零碎碎的粮食
流派与潮流这可笑的铁笼子
缺席酒醉之夜，他不同于他们

他不同于他。很多时候放下笔
航行在半空，光滑的月光
有时是一枚大锤敲击着棉花
他在众人之中发现、热爱、死

生辰之年

知丘

狮子有一幅厌世的面孔
烈日下的大草原
印证过暴雨的速朽

狮子哈欠连连
表情严肃
从来都不笑
它在回味中世纪么

"同情最可耻"
"快乐是廉价的东西"

狮子一样的颓废主义者没有了
狮子一样的打猎好手也早已绝迹

停不下来

从云端
被命运狠狠一脚
踹到人间

惯性的力量
让我无暇顾及大家的嘴脸

那么多年来
向着地狱
我一路狂奔

仿佛要赶在天黑之前
闭上倦怠的眼睛

生活是一匹马

知丘

有时候
它是温驯之马
我喂它,骑它,抽打它

有时候
它是一匹野马
它咬我,踢我,顶撞我

不是它驯服你就是你驾驭它
更多时候
生活和我势均力敌,风平浪静

大雪压弯

年轻时,我像那条稚涩的树枝
雪刚落下,就被轻松弹落
我摇头晃脑,得意地跳跃着
如今,无论累累之果实
还是一场大雪,我都担负得住
因为承受更多,我的——
腰板更结实,有些骄傲的弯曲

澡雪

知丘

雪像慢镜头,让粗略的一生变得意味悠长
李白则成为可以感知的隔壁邻居
真切之事却遥不可及,譬如那些少女

雪片自上而下,这是逐渐僵化的过程
隐喻却从低往高,从民谚到正典
从未出离古今良工巧匠的管辖边界

逆退两世纪,我应在暗光中誊校《四库》
日抄千字,度过漆柱斑驳的青春
我对雪所知甚少,天生厌倦署名字

雪后我想象孔丘与弟子围坐一处吃火锅
任由白银的奢侈,流淌如当空明月
星辰、露水、经书……诸如此等非必需品

我们倾注过共同的、乘桴浮于海的敬畏
我记起仲夏时节对一场大雪的呼吁
纯属多余;雪总在清晨蜜耀那彻夜的沉睡

记忆

从我身体里路过的人
有不同的方向和相似的姿势
小心翼翼害怕什么丢掉
或疑神疑鬼盯着地面
匆忙的、悠闲的、无所谓的
而我记住的是那个跌倒的家伙

夏天写一首冬日的诗

知丘

我记得那些黄昏,日暮途穷的光景
坡兔跃过险恶的网罗逃回树洞
低矮的草垛,像一堆心事
塌陷在打谷场上无人料理
老鳏夫躲进山间的草屋烤火炉
呷摸着漫长的酒鬼的一生
想起早年跟人跑掉的小媳妇
那些黄昏被一场大雪掩盖
磨坊后的麦田被一群乌鸦抹黑
被窝里的女人和地窖的白菜
熹微的油灯,都让人温暖
河水流向自己的名字,远山更远
那些黄昏,南方人为雨所困
北方的人将南水北调写入情书
孤独的电线杆,像一个冻僵的人
像一个倔强的人,深夜也不肯回家

风车人

某一天夜里，噩梦和痉挛联手包抄了房间
早上醒来我匍匐在床边的地板上
那个镜子中的怪物是谁
与我拥有同一张脸——小人物的脸
真相是我的脊梁上长出一架风车
请问你们会喜欢一个风车人么
终日躲在灰尘飘荡的阁楼吧
取消约会，想方设法解决风车问题
我的业余研究足以著书立说了
然而风车却与身体更加天衣无缝
有一次，我就快要郁闷死了
星星都不想看，一阵风吹进木窗
悲伤的风车旋转起来，带我回到地面
请问你会喜欢一个风车人么
风一起他就要走了，不知降落何处
除非呆在家里继续风车知识考古
但什么时候，我已爱上一阵风，下一阵风

我吞下铁……

知丘

雪后的清晨，我吞下几块光滑的铁
怀着硬心肠去市场挣点儿钱
各位老板呵，都有一张黝黑的脸
"股市的韵律乃伤感之神"
在木板搭建的破房中买一包烟
虚构一个肺病时尚者的形象
千年已过，运河仍冒着雾气
某些见底的局部，露出特色国情
怀着一颗临时的黑心走出门
来到大片异域风情的街区
年轻的贵妇和她的牧羊犬
和她的精神面貌与某日报吻合
各位女郎呵，都有一张封面之脸
"谁不想做十五分钟的明星"
咽下的铁，闹得我内心沉甸甸
这蹒跚的步履，这……你瞧
"生命的意义"已被缩写为"生意"

蜂鸟　蜂鸟

有一种鸟叫蜂鸟,它是世界上最小的鸟类
它快速拍打翅膀,每秒 80 个来回
可以想象,它一定有大师的骄傲与疲惫
那高潮一般,每分钟 1200 次的心跳呵

蜂鸟,它以它宝石的光芒与短寿的绚丽
左右飞,向后飞,悬停在空中
它因微小,完成了众鸟难以企及的动作

有时它甚至狂怒地追逐大它二十倍的鸟
附着其身,啄咬它们,教训它们
一直到它那看似微不足道的愤怒恢复平静

住在天花板上的神

知丘

风在小镇教堂后门丢掉尾巴的傍晚
他砍倒了耳中的老合欢树
他兜里装着一枚钢针
以及纠结整个世纪的麻线团
他裤管空荡荡,云朵都带不走
当舌底的铜铃铛闭上嘴
他像一个弯腰驼背的采诗官
从官方的驿道拐入春天的左心房
当他想说话,就扯掉眉毛
在墙上画着圈,这小小的小洞口
当急需一千个水晶女孩
他就回家,鼻孔朝向黄昏光滑的铁

变形记

那年十岁,少不更事的我
从池塘抓来一只青蛙
我拿树枝戳它的鼓眼睛
笑它跳不出铁皮水桶
青蛙它多么弱小呵
我也没觉得自己特强大
最后找来尼龙绳
我把它倒挂在树杈上
但这不是最后——
第二天,它空出了内脏
但这不是最后——
我再次看见,它已是干尸
但这不是最后——
世界何时变成我的大池塘
我也变成一只丑青蛙
暗箭、铁桶、悬空、绳索
继续着我对青蛙干下的好事

冷风吹

知丘

在这个冬日的早晨,回避风就是回避
记忆中吹过的刀子和尘土
运河流逝的皱纹格外清新
但地铁并不能减少人群
勇敢的短裙也不能给我春意
裙底的一千张嘴
却丰富着时代的表情
那个与行李箱捆在一起的家伙
主动爬上安检传送带
但言说不能让沉默澄明
树木,这孤独的标本
终于甩掉绿叶红花
铁皮围栏中的工农们
煮着简易火锅
他们像几张黑白照片
在冬日,冒着呼吸的热气
徒步世纪初的风中
冷和死从未使我战栗或发抖,爱才是

绝境

被死神逼到绝境的家伙
跑去了大海边
他数电线杆
把游人当笑料
模仿白鲸吹泡泡
他将头埋进沙子
练习呼吸
背对着海水
学螃蟹走太空步
像嵌入岩石的贝壳
他低矮不能自拔
有一刻
他记起课本中的海鸥
以及欧几里得
此时此刻
他正追赶冲远的拖鞋
气急败坏的死神
在人海中像一只无头苍蝇

赶往一场婚礼的人

知丘

怀着旷世的悲伤与叵测的心事重重
去跳井,把一段垂直的天空
唤作深渊,把深渊当期待的眼睛
去砌墙,从地表往云端盖
从地心,往权威的脚底板垒
圆形之墙筑起小祖国的围城
去做一头牛,吞咽时尚的草料
丰满时代的乳房,每天产奶两公斤
去十字路口,静候卡夫卡先生
他会在红灯和女人面前晕厥
兄弟的世纪病可不是一天两天了
已深入百余年的骨髓与骨头汤
去旧货市场,买一把二手雨伞
它曾出现于1921年的蒙马特
去赴一场婚礼,告别陌生的欢宴
跟在身后的是鼹鼠、鬼和刺猬
以及肺叶的风,黄海的风,太平洋的风

失败之书

我们离不朽的年代,有一千个年头了。

这样的早晨,我必须承认——
我的失败
和我的败笔融为一体
写出又一个忧伤的老挂钟
我的失败
像剥开的葱
清清白白躺在菜板上
它急需刀和油锅
急需炉火摧毁缠绕的丝绒
我的败笔
和我的羞愧沆瀣一气
取笑我,取消我
把我郁闷成弯折的豆芽
深深卷曲身体
直至变为梵高 1882 年的一幅画
我的败笔
插上往昔高傲的头颅
像红旗飘扬在南京国民政府
在这个早晨的失败中
我抬不起头
真知灼见者举荐的壮丽篇章

它们的可笑
它们的拙劣也安慰不了我
我的败笔
诱惑我写下失败之诗
再次证明我的失败
失败的人拥有一支败笔
像抓泥巴的手
握紧时代五元一串的肥腰
我的败笔
它怀旧且保守
它走失就永不再归来
不像无聊文化商
他们假借归来
图谋强奸处女之心
我的败笔
和我的小传统正襟危坐
它勃勃铁硬
它画不出湿润之圆
它的胃口像楼市抄底者
它满足不了祖国的性欲
我的败笔
驱使我写下失败之诗
失败之诗或是睾丸之诗
它非泉,乃喷泉
它灌溉的阴道叫出自己乐章
接收的颂词和鄙夷不分伯仲
作为一个年轻失败者

承认吧,失败
我的失败
我的失败之诗
像这个早晨的太阳
毫无偏见地照耀着这租来的房间

开花的石头

知丘

死神她长着迷人的翅膀
飞过梦里的温柔之乡
她放过我是让我旧病复发
唯有你能治愈这些顽疾

雨中的骑手,山里的灯盏
我的盛放秘密的小瓦罐
属于白天无法遮挡的阴暗
穿过你走向另一个天亮

石头的语言,星星的叹息
空白带来的复杂与恐惧
这一切无关黎明的露珠
我只要轻轻吻干梦里的泪

喝彩

写无人喝彩的回忆录,昼伏夜出
写漫长的旁若无人的鬼的一生
写喜鹊不是乌鸦不是猫头鹰
写不出半行字的夜晚泪流满面
写灰白的上半身,残缺的下半身
写无人可及的远方,臆想的痛
写从未出生的故乡和乡亲们
写栩栩如生的麦田,干燥的面粉
写照进生活的光亮,写太阳
写无数赞美诗,写序跋和题记
写聪明的童年,智慧的晚年
写灿烂的轶事,写改编的自传体

死亡之夜

知丘

寂静如月光下的湖面,怪兽睡了
乌云下沉到地平线,黑是本质
高耸的山顶是神权威的肩膀
灵与肉的结合部位暗藏着杀机
太阳碎了,最后的上帝提前离席
人民需要监狱,度过劫后余生
天堂的窗口很小,台阶很高
空荡荡的街道上电线密密麻麻
四轮马车拖着灾难后剩余的稻谷
泛白的纸张上只有两行繁体字
军队身穿少数民族的繁琐服饰
世界睡了,国家睡了,诗人睡了

铁丝之心

是否,有一双无形之手
在反复地折合
我们铁丝一般的心
冰冷和僵硬开始湿润

谁能说清身体的隐秘
那日夜折磨我的空洞无物
让铁丝一般的心变得灼热

可是,我的铁丝之心呵
每当,高潮时刻就要来临
它就猝然地断成两截

目的地

知丘

绕过身心,孤独的岛屿
祖辈相传的预言、箴言
我跋涉,拒绝抵达
罪与罚,坦途和圣物
在暗夜里舞蹈。绕过
善良的人民,苦难的国度
绕过口语、旗帜、审判之网
踽踽而行,在无名峡谷
看不见的星空,要细心呵护
以及你与生俱来的软弱
和那些大而无当的小心思

树的蒙太奇

新的伤痕,旧的刀片,还在僵持,相依为命
蹲在树杈间的蚂蚁,面带微笑
俯瞰,眺望,回忆一次紧抱落叶的滑翔
蚜虫和蛀虫,内外夹攻,蚕食吞噬
谁能阻挡枝叶暗暗抽芽,滋长,枯萎,凋零
每天都是阳光,毒影,湿也是部分阳光
飞来的横祸和麻雀,雷电和猎枪
风吹过公交车窗,吹过一个少妇的裙裾
停在树下,停在我的绿荫和颤栗中
如果背景是荒原和戈壁,关系自然更明朗

我不是故意的

知丘

整个下午,我都在看一群蚂蚁忙碌
她和戴墨镜的家伙匆匆穿过高粱地

一个错字,一个别字,接踵而至
我总是写不出华丽、惊艳的句子

我从缝隙里醒来,你们都走远了
我的双脚却安土重迁、坚如磐石

我绕了路走,还是经常与你们相遇
我走得很慢,走到一个无人的地方

新鲜的春天和女孩子,腐朽的太快
我来到街上,门窗里探出很多脑袋

我赞美诗一样凝重的唾沫和信仰
恰好吐在谁的头上,那弧线多美

我看见你像一个不速之客,为何是你
我转过身去忽然热泪盈眶,为何落泪

颂歌

赞美吧,阳光又如期而至
清晨的庭院铺满黄金
每一天都那么新鲜如初
愿人们有一个美好开始

在村庄里,阳光年年有余
那些平淡的傍晚和人民
散落各地的树丛和草屋
因为缺席,一直欣欣向荣

岔路

知丘

是注定的,更是一厢情愿的
在异域的路上披荆斩棘
剥开裸露的肌肤,侵入血肉
看见所谓的灵魂出窍了吗

你看见死神了吗,哥特的脸
像云朵遗落在湖底的贝壳
沙砾,我苍茫的处女泪滴
隐蔽的堤岸,已经化险为夷

是宿命,更是自由的灰烬
我的双腿拔出淤泥之沼
春天的微光漫过远处山峦
陷阱与屏障,已是身后风景

第五辑

蝼蚁镇

序曲

应该从宇宙开始迷茫,一个小污点身处何方
应该从众多的星球中脱颖而出,贴近恨
应该从地大物博的国度消失,暴露繁荣面
应该从虚拟的数字背后探出光滑的头颅
应该继续缩影直到一切都被抛在九霄云外
应该用长镜头而非蒙太奇用近照而非艺术照
应该合理地擦拭铜镜擦拭古今中外的尘埃
应该具体到细微的呼吸伴随空气轻微的震动

尘埃之诗

漂泊的细碎阳光,在窗前排着队
情爱流着口水最终是空洞的词语
童年的小教室,破败的铁木边框
要饭的误入花园,踩烂了小松树

奔走多远的路,鸟儿才羽翼饱满
唯一的叶子,在冬日里翩翩飞舞
当僵硬的沙石绕过草丛的储藏室
夜里就下起雪,仿佛尘埃一粒粒

情景

知丘

就像一个铁笼子在找它的鸟
老屋子敞开朝西的木门
有人在看琼瑶剧,不停抽泣
飘舞的炊烟拼命接近云朵
黄昏走下枝头亲吻落叶
牧羊人在天边鞭打地平线
风漫过田野来到天井里
就像笼中鸟迎来最后的时光

淹没

到了最后,淹没一切的必将是死
到了最后,高声朗诵也无力改变现状
到了最后,数学堕落为保留科目
到了最后,诗人与妓女睡在一起
到了最后,陆地萎缩成小小的岛屿
到了最后,请放下普通话讲方言
到了最后,夜色笼罩着孵蛋的母鸡
到了最后,如果有人说爱那就相信他

怀疑者

知丘

登陆的夜晚遭遇了想象的偷袭
破旧的衣服被当中撕开一角
处女之泪滑过纯洁的北极熊
光荣的右臂已不属于死难家属
缺口的杯子填满废弃的词语
时代的隐喻破坏了广场的和谐
萎靡的古籍在磨刀石上发光
眯缝眼睛睡觉的家伙手拿匕首

早稻田

清晨的稻田,乌鸦抬起兴奋的头颅
运砖的拖拉机在狭窄的公路上爬
万物从一滴露水中睁开灰蒙蒙的眼
稻草人迎风舞动空荡荡的右手臂
远近的坟丘恢复白日的平静与安详
田边的池塘里一声虫鸣泛起涟漪
收获的季节就要来临粮仓已饥饿
捡垃圾的老人背上麻袋走出篱笆门

篱笆院落

知丘

红的、白的、蓝的喇叭花墙
基洛夫斯基的三色挖掘机
再远一些是梭罗的淡水湖
粗细不等的树枝是人的思绪
当花椒与扁豆成为立体派
微风穿过院门走进卧室
当木屋只是森林的一部分
所有难过的心都不属于早晨

口袋

麻布衣角点燃了儿时的老油灯
玩具枪抚慰了烧伤的小肚皮
岁月的疤痕就像黑漆漆的洞穴
吞噬着久久不能平静的叹息
四处都有囊中之物在哭泣
蛇从天花板的裂纹中探出头
八十年代的人民日报泛起黄晕
而开始很多口袋,后来很多口袋

小河之晨

知丘

河岸上的少年,像一只白鹅心怀骄傲
像早起的君王爱自己的祖国和朝廷
妩媚的水草依偎着水中凸起的石块
看林老人开始平凡而忙碌的奴仆生涯

落叶的弧线美,沉湎就有涟漪多美
略显高大的河堤是指点江山的好地方
有时鱼儿喷着水泡暗示小动物的爱
更多时候河水在晨烟四起中欢快前行

劈柴是一件美好的事

斧头下去,没有木柴能受得住
斧头下去,寒冬在不停打哆嗦
斧头下去,劈开世界温暖一角
斧头下去,男人的肩膀更有力
斧头下去,岁月的木屑在飞舞
斧头下去,日记整齐越堆越高
斧头下去,森林低下高贵的头
斧头下去,撞见星期天的盘古
斧头下去,坚硬之心碎成两半
斧头下去,必须先把斧头举起

岁月像一把镰刀

知丘

收割着命中注定的谷物与浮尘
收割着欢乐与痛苦交织的心
收割着纸上平等的穷人暴发户
收割着森林消失后的小树林
收割着哭泣女人追不回的南方
收割着黝黑大地上的小兴奋
收割着空荡荡的水壶状的燕窝
收割着时光的乳峰,让我们下垂

向下的力量

我们的船是在挣脱还是故意下沉
地心的王国是否真的黑白分明
植物疯狂地向着天空点头致意
看不见的根部却在下面偷偷扩张
向上变成一朵云,遇见一朵云
谁在哭泣顺着从高处空气滑下来
像雨滴渗入大地,循环的圈套
绕弯路,继续向下就到达美利坚

瓦斯之歌

知丘

瓦斯理应是陌生世界的一部分
就像锁着的房间里的练习本
我多次站在窗前张望失望而归
自始至终写不出一手漂亮字
瓦斯理应是光的源泉而非罪恶
那些夏夜的村戏败于电视剧
没有人坚持行走如果有摩托车
瓦斯,瓦斯再也唱不出瓦斯的歌

有些困了

看完一章泛黄的演义，我有些困了
很早就吃了晚饭，我有些困了
清晨到麦田转了圈，我有些困了
偶然翻出几封信， 我有些困了
今日有故人千里来访，我有些困了
傍晚坐在屋顶唱歌，我有些困了
夕阳给我镀上金，我有些困了
正写着字新闻开始了，我有些困了

屋顶骑士

知丘

榆木梯子是我的战马
红瓦片是我的旗帜
天生的一副金嗓子
它是我的小匕首
更是我坚硬的盾牌
我的歌力透纸背
绝不酸腐绝不愤怒
我始终牢不可破
就像王子爱灰姑娘
屋顶就是我固守的疆土

没有士兵的国王

没有铅笔和练习本的岁月开始发光
没有烟筒的房子开始过圣诞节
没有露水的草叶子长在水泥路旁
没有亲戚的暴发户继子成群结队
没有书架的人在讲台上吐唾沫
没有镰刀和锤头的鸟飞往南方打工
没有星空的猪在另一个圈里打鼾
没有士兵的国王其实是没有你的我

时钟的迷宫

知丘

当老式挂钟敲醒凌点的噩梦
南北朝的马车路过家门口
汉帝国的小商贩送来造纸术
盛唐歌伎跳起霓裳羽衣舞
李后主死去,留下无尽的罪
谈情的酒肆画入清明上河图
蒙古人的铁蹄踏碎玻璃板
异族的炮火催眠了我的早晨

跨世纪

仿佛已经是很久以前的事情了
所有老师都鼓励我们跨世纪
仿佛要跨过鸭绿江去保卫祖国
跨过河流去对岸的破旧教室
我招摇着小手迈开幼稚的下肢
仿佛有太多障碍需要去跨越
果然我被挡了有人能跨名气大
蓦然回首世纪不知何时已被跨过

乡村教室

知丘

如何开始叙述山丘上那几间破屋
穿过欢笑声铺平苍白的纸张
我的铅笔头自始至终不听使唤
木质窗口曾是一条秘密通道
石板桌长板凳安抚了童年的懵懂
门前的小空地种植着花和蒜苗
几棵槐树下的游戏和树上的钟
仿佛浑浊的钟声一直在骨髓中响

间歇的声响惊扰了谁

有时候,全世界的吵闹声让人心烦意乱
有时候,身处闹市怀抱一颗落寞的心
有时候,最喜欢的专辑被抛之一边
有时候,草丛里的阵阵虫鸣耐人寻味
有时候,四下无声仿佛海啸将临的不安
有时候,路过金黄麦田听见窃窃私语
有时候,打开书千军万马呼喊而来
有时候,隔壁的声响断断续续攫住了谁

孤军奋战

知丘

不合作的精神不应在中世纪宣扬
人们只需要一个裁判所与火刑
欺骗狂乱的心跳继续迷茫的生活
想得太多如同吞下毒品的早晨
与世隔绝的队伍接受痛苦的锻造
宽阔的柏油路上有人逆流前进
人们别过脸兴奋地赶去节目现场
孤军奋战变成孤单的一个人在跳舞

人人都有一段中世纪

剃头的跛子，曾有个俊俏的四川小老婆
看林的老人，装聋作哑前热衷于演说
退休的村支书，躲进岁月的山谷两个月
写春联的眼镜，世代贫寒无人识字
年过五旬的光棍，青春时闯荡过江湖
患痨病的二叔，除了咳嗽还会唱歌
唯一的兽医，秃顶之后尽显书生面目
我的语文老师，抽屉里藏着多年前的诗集

三棱镜

知丘

午夜的钟声,另一个星球在靠近
是否需要沿着落叶的脉络前进
是否需要打开闸门冲毁似水流年
很多时候只有一面铜镜不足够
阳光将我们反射到平行的另一岸
那是我们未加修缮的真脸孔吗
光线穿过三棱镜变化出多种神韵
作为封套,人不是平的,多么神奇

封面之诗

每盘磁带,都需要一个漂亮的封面
每本诗集,都需要一个漂亮的封面
每盒蛋糕,都需要一个漂亮的封面
每扇窗口,都需要一个漂亮的封面
每份简历,都需要一个漂亮的封面
每座城市,都需要一个漂亮的封面
每位女士,都需要一个漂亮的封面
每处坟墓,都需要一个漂亮的封面

在子宫里

知丘

在子宫里我们都是失明的洞穴中的鱼
红色的窗帘耷拉着装满石灰的笨脑袋
屋檐下的芭蕉继续向四周舒展温润的唇
公鸡和他的王冠伫立在低矮的墙头上
门外的杨树情绪高涨随风将手伸过影壁
高大的院落容纳着奇怪的身段和手段
到处都有青铜的按钮但历史的脚步缓慢
谁像热爱土地一样将黝黑的皮肤细作深耕

非常卡夫卡

非常杜拉斯,非常卡尔维诺
非常村上春树,非常本雅明
非常聚斯金德,非常海明威
非常梭罗,非常茨维塔耶娃
非常普拉斯,非常萨克斯顿
非常布罗茨基,非常蒙塔莱
非常塞林格,非常沃尔科特
非常耶利内克,非常格拉斯

漫水桥

知丘

河不是大河,深仅及膝而无名
据说源头是住着黑妖怪的湖
他抓去很多少女她们泪流成河
这是民间传说。当雨季降临
就像在墙角找到一瓶酒的酒鬼
湍流对温顺的两岸开始咆哮
当你执意要跨过满水桥去对岸
奔走中的树枝会让人忽然相信神

像每个星球都有自己的轨迹

或许每个人都有自己的唯一道路
狭窄、宽阔、平整、崎岖……
其实都无所谓,路走向他的脚步
有时看似畅通无阻却掉进坑里
有时花明柳暗行到尽处别有天地
有些路走过之后也就再无音讯
有些路让人摔跟头依旧往复其间
或许每个人都在前进最后殊途同归

蚂蚁、蚂蚁

知丘

蚂蚁很早就起床了,蚂蚁总是忙碌
蚂蚁很早就出门了,蚂蚁爬到田间
蚂蚁很晚才吃饭,精力充沛的岁月
蚂蚁很晚才回家,力不从心的坚强
蚂蚁每天忙得要死却从没有吃饱过
蚂蚁一生走好远的路只是在家门口
蚂蚁被歌颂,蚂蚁被写进权威史书
蚂蚁要活不下去了,蚂蚁开始进城

菜园

我是种过菜的,现在只知道去菜市场
这是进化抑或倒退我早已不去想
沿着白色的斑马线往后前进二十年
我与祖父在自家菜园里种大白菜
秋高气爽、晚风清凉,人们种菜忙
我用舀子将井水浇入挖好的坑里
等水渗入地放好种子盖上土和树叶
冬天白菜被埋进地窖或两毛一斤上市

集市上的音乐

知丘

波斯人遇见了缅甸人和泰国人妖
三个人于是举行了辉煌的婚礼
美轮美奂的尖顶教堂耸入云霄
讲台上主持仪式的是哥萨克骑兵
列国的妃嫔穿梭在十字军之间
高原上的草原上的风声狼烟四起
盛唐的绸缎与歌词运至玉门关
弹丸岛屿多年后要维新攻打帝都

街道是永不灭绝的田野

当我们热烈地爱，孤独没有消退
当我们追逐在海滩，鲸鱼喷出水沫
当我们在城市中狩猎，炊烟徐徐
当另一个星球坠毁，我们在朗诵
当孩子在广场手举玫瑰，爱情躲开
当夜晚来临，越南人在割着橡胶
当我们走遍街道，遗失之梦陨落
当阳光停在墙根，许多世界更灿烂

日光照进金黄的现实

知丘

我只能从回忆里抽取沉淀的风物
湿漉漉的底部,温润的小四肢
夜晚在水下漫步白天在云上发呆
游鱼和飞鸟的梦幻组合太离奇
镜子将梦想反射到苍旧的墙壁上
谁比烟花寂寞爱上灿烂的一瞬
发光的现实感让金黄色黯然低头
异域的信徒与我们拥有相同的地狱

草垛之歌

记忆的疼痛之处,旧时的温柔乡
打麦场上的月色依然撩人魂魄
妄想的海神在远方跳跃着欢呼
多情的田野上吹拂着浪荡的微风
静谧的星光下灯火闪烁虫声鸣
偶尔公路上轰隆隆地压过拖拉机
像两只离群的飞鸟躲进深草丛
孤寂的空地旁边无数故事在上演

该走的都走了

知丘

蚂蚁衔着馒头屑回到地下的光明
麻雀欢叫着飞过麦田宁静的上空
稻草人垂下轻薄的衣袖悄然入眠
燕子窝挂在屋檐角像一只空酒瓶
外省的姑娘连夜赶往乡下的娘家
看林的哑巴爷爷早早就关上木门
丰收后的平原到处是满满的粮仓
整理完记忆的行囊我将远走高飞

低矮的山岗

两面有河,向北是另一个村庄
坚定的突起在光照耀的地方
壮丽的梯田,伟大的螺旋上升
源于童年的门槛加快了步伐
人们越是向外走越是向内发现
在太阳落山的异乡找到身影
翻过低矮的山岗,渴望回归
我们是去远方把灵魂接回来吗

冬天的雪

知丘

没有雪花降临掌心,我在深夜阅读
北方的俄罗斯,西伯利亚的酷刑
没有使寒冷加重,冬天融化了岩石
灯光温柔,蛇在地下小心地睡眠
而此刻,狮子在非洲呼喊我的名字
没有雪花敲打门窗,没有人惊醒
寂静笼罩着村庄每个角落里的床
安息吧,凌晨的人们,今晚没有梦

麦田里的守望者

勤劳是不够的。夜晚沉寂无声无息
拖拉机轻轻碾过平原上的蚂蚁
所有的邻居都睡了,粮仓都满了
我的犁铧成为铁弃之不用的锈
没见过麦田的人足以给它带来歌颂
咒骂毫无用处,我们必须磨成面
拿疼痛的细节填满饥饿的精灵
我们必须迎接粗暴的机器粉碎一切

图书在版编目（CIP）数据

知丘／王原君著．—北京：中国青年出版社，
2016.9

（差别诗丛）

ISBN 978-7-5153-4477-5

Ⅰ．①知… Ⅱ．①王… Ⅲ．①诗集—中国—当代
Ⅳ．① I227

中国版本图书馆 CIP 数据核字（2016）第 221501 号

丛书策划：王原君
责任编辑：彭明榜
书籍设计：胡力求　林业

中国青年出版社 出版 发行
社址：北京东四 12 条 21 号
邮政编码：100708
网址：www.cyp.com.cn
编辑部电话：（010）57350506
门市部电话：（010）57350370
北京科信印刷有限公司印刷　新华书店经销

889mm×1194mm 1／32 6 印张 123 千字
2016 年 9 月北京第 1 版　2016 年 9 月北京第 1 次印刷
定价：30.00 元

本书如有印装质量问题，请凭购书发票与质检部联系调换
联系电话：（010）57350377